めぐりあい

蓮野　ひかり

風詠社

目次

alive

2005年7月作詩

僕らが まだ 幼かった頃
自然以外には 何もなかった この街に
高層ビルが 立ち並んだ
今は もう
見上げる空は 小さくなった

僕らが まだ 幼かった頃
裸足で駆け抜けた この道も
アスファルトへと 色を変えた
今は もう
土のにおいは しなくなった

何もかもが
変わり果ててしまった今だけど
僕らの わずかな記憶の片隅に
いつの日かの 懐かしい路地の片隅に
まるで 僕らを待っていたかのように
まるで 僕らを迎えてくれるかのように
一つの命(はな)が 咲いていた

「ぼくは ココにいるよ」
「まだ ココにいるよ」と
話しかけてくるようだった

心が　この心が
石ころのように
固くて　冷たくなってしまった
今の僕らには
どんな言葉を　その花に
返すことができるんだろう？

この時代の中で
変えなければいけないものがある
この心の中で
変えてはいけないものがある

気付かなければ　傷つかない人もいる
傷つかなければ　気付かない人もいる

僕らは　それを　捨てきれずに
生きてきたんだ

教科書から消えた方程式
辞書にはない言葉
地図から消えた場所
駅名のないプラットホーム
名前の消えた　小さな命
何の罪もない　子供たち

僕らは　それを　捨てきれずに
生きてきたんだ

世界中から　聞こえてくる
この「ひとりごと」のような言葉を
僕らは今も　忘れられないでいる

「行く当てのない気持ちは
今　どこにいくの？」

「行き場のない気持ちは
今　どこにあるの？」

心ある人なら
自分の心に
問いかけている

「僕らは もう一度
自分たちの原点に
立ち返るべき時なのかもしれない

僕らが
失ったものの多くは
僕ら自身が
手放したものなんだ」

僕らは それを 捨てきれずに
生きてきたんだ

僕らは それを 捨てきれずに
生きてきたんだ

眠れない夜のために

2018年7月作詩

眠れない夜を過ごすあなたへ

例えば
ひつじの数を数えたり
温かいココアを飲んだり
難しいことを
何も考えないことが
いいことのように思えるけど

でも 本当は
「安心」したいだけなのかもしれない

遠くにいる あの人が
近くにいる あの人が
元気でいること 無事であること

それを 見守ることができること
自分が そこにいること

今日という日があること
明日があること　朝がくること

また次の日も　また次の未来も
ずっと　続いていくこと

そのことが　ただ
心の中にあること

ただ　そのことを
毎日　僕らは
心の中で　確かめること

確かめた後
確かめた答えとして
僕らは
「安心」を握りしめて
眠りにつくのかもしれない

花になる

2019年4月作詩

日陰で咲く花が あるとしたら
私は そんな花になりたい

光の当たらない場所でしか
出会うことのできない人も
きっと いるだろうから

私が あなたの
最初の花になる

あなたのことを 初めて
見つけることができた
喜ばせることができた
笑顔にすることができた
最初の「花」になるから

傘から見えた空　2012 年 10 月作詩

ビニール傘を広げた
そこから見上げた空は
子供の頃 見えていた景色と
すごく よく似ていた

絵本を開いたような
夢の世界が 広がっていた

自分の背よりも大きな傘を
引きずりながら
大切な あの人の元へ
迎えに行った あの時みたいに

Last　Christmas

2005年12月作詩

この街にも 何年かぶりに
雪が降った日の 夜のことだった

あなたが出ていったドアは
とても冷たくて とても重たくて
追いかけることも 引き止めることも
できなかった

小さくなっていく あなたの姿と
窓に映る もう一人の自分を重ねながら
終わるはずの恋を
いつまでも 見つめてた

お願い 声を聞かせて
私の知らない遠いどこかに
あなたが 今 いるとしても

お願い 声を聞かせて
私の知らない 誰かのことを
あなたが 今 想っているとしても

私の気持ちは
あの雪のように
あなたの手の平に届く時には
いつも 溶けて消えてしまうのに
夜空を見上げれば
あなたの声が 聞こえるような気がして
また 会いたくなる

お願い 消えないで
この気持ち 消えないで
雪のように 今夜は消えないで

これが 最後の幻想(よる)でいいから
雪のように
今夜は 消えないで

Poem 1

自分が傷つくのを
避けた分だけ

どこかで　誰かが
それと同じ分だけ
傷つくということ

もしも
君が一人
傷ついた夜は

誰かが傷つくはずの分を
君が守ったんだ

君が一人
それを　守ったんだ

Home

2019年11月作詩

「ただいま」と言っても
返事のない家がある

「行ってきます」と言っても
返事の返ってこないドアがある

ドアを開けても
声(おと)のない部屋がある

帰ってきても
明かりのない家がある

どんな大きな家でも
どんな小さな家でも
「人」が温もりを与えてくれる
「人」が安心を与えてくれる

「人」がいる場所が
「待っている人」がいる場所が
「家」なのかもしれない

人が帰るべき 本当の
「居場所」なのかもしれない

歩み

2017年8月作詩

歩く距離は同じでも
歩かなければいけない距離は
変わらなくても

それが　どれだけ
困難な道でも
険しい道であっても

誰かが　隣で
歩いてくれるだけで

誰かの呼ぶ声が
聞こえてくるだけで

重い足が
こんなにも軽くなるのは
なぜだろう

それは　どんな力だろうか
勇気になるだろうか

Poem 2

本当の喜びは

共に分かち合う人がいなければ

無に等しいと

思えるもののこと

タンポポ

2015年5月作詩

タンポポは
野原でも 道端でも
コンクリートの隙間からでさえも
どこでも どんな場所でも
咲いている

それは
誰かが 種を
蒔いてくれたからじゃない

タンポポ自身が
綿毛を 何本も 何本も飛ばして
その中で 全部の種が
花 開くわけじゃないかもしれない
たとえ 咲いたとしても
誰の目にも 止まらないかもしれない

それでも 種を
蒔き続けたからだと思う

100 本のうち
1 本でもいい
その一つを 咲かせようと
人知れず 努力したからだと思う

タンポポの姿を見て
なぜか 純粋な健気さを感じるのは
その「崇高な努力」から溢れ出る
健気さなんだと
僕は思う

Poem 3

出会いと別れの季節
桜の花が 咲く頃になると
人は何かを 探すかのように
忙しく歩き回る

落ちてくる花びらを
嬉しそうに
見上げる人がいる

何気ない顔で
踏みつける人もいる

一生懸命に拾い集める
小さな子どもたちがいる

今年もありがとうと言って
愛しく見つめる人もいる

僕は思う
大事なものは いつだって
探さなくても
すぐ目の前に あるってことを

明けない夜　2015年6月作詩

「明けない夜はない」って

誰かが 言っていた

だけど

この きれいな星たちが

消えてしまうくらいなら

時には

夜が 明けなくても

いいと思う日だって

夜が明けないでほしいと

願う人がいたって

いいと 思うんだよ

しめい

2020年3月作詩

過去の自分が言ってた
「また いつか 会おう」
そう言って 僕は
一人の人と
もう二度と 会えなくなった

今しかないって
今しかないって
僕の耳に
鳴り響いて離れない
君の声がする

僕は僕の「最後」を知ってる
君は君の「最後」を知ってる
だからって それを
照らし合わせてる時間なんてないんだ

今 踏み出さなかったら
後悔しかないってことを
知らしめるためなら
自分の心に
鋭い言葉で
突き刺してもいい

流れ出るのが
血であっても
涙であっても
どちらでもいい

君との別れに比べたら
どんな痛みだって乗り越える翼（ちから）が
今の僕にはあるんだ

もうやめにしないか
僕らを傷つけていたはずのものが
全部 偽物だってこと
その嘘（ナイフ）では 何も切れはしない

世の中で まかり通ってる
情報（うそ）に 怯えて生きるのは
もう やめにしないか

僕らは 真実を知ってる
唯一 持ってる

誰がそれを　信じるかなんて
そうやって　言い訳して
逃げてる自分は
もう終わりにしたいんだ

どんなに時が過ぎ去っても
誕生日の度に灯す
ろうそくの数は
自分のために
吹き消すものじゃなくて

その一つ一つを
誰かの心に
優しく　灯すような
そんな生き方を
本当は　したいんだ

僕の中にある 眠っていた何かが
動き始める

こっちだよって
こっちだよって
僕を 呼んでる

僕の使命が
僕の氏名を
呼んでるみたいに
確かに 聞こえたんだ

これが最後の一瞬だと思って
１秒後の未来の自分に問いかけた

「自分の使命を知るには
自分が何者であるかを知るには
なぜ自分が
生まれてきたのかを知るには

自分の名前を
その意味を
解き明かすことと同じだろう」

その時 僕らは
本当の自分に出会える

探してた人と
「 君 」と
もう一度 出会える

Poem 4

何を迷っているの？

僕は

「僕であること」を選ぶ

君は

「君であること」を

選べばいい

モノクロ

2019 年 5 月作詩

過去は
描くもの

未来は
その過去に
色をつけること

後悔があってもいい
モノクロでもいい
まだ 未完成でもいい

未来とは
その過去に
どんなきれいな「色」を
つけていけるかどうかなんだ

Poem 5

崖っぷちに立たされて

万策尽きて

それでも　なお

踏み出す最後の一歩が

絶望よりも希望が

ほんの少しでも

勝(まさ)っているのであれば

その人は

あるかも分からない　その先を

何度でも　這い上がることができる

信号機

2020年10月作詩

交差点で
立ち止まる度に
考えていた

点滅しては点る 信号機みたいに
僕らも このまま 時間を待つだけなら
ただ 同じことを繰り返すだけの人間に
なってしまうんだろうかと

人が 止まっては また歩き出す
その葛藤と迷いの中で
僕らは 通り過ぎていく その誰かを

何かに向かって
正しい道に向かって

指し示すような
照らしていけるような
導いていけるような存在に
なれるんだろうかと

本当は 誰もが
そんな希望のような存在に
なりたいんじゃないかと
なれるんじゃないかと

もしも自分が なろうとしなかったら
誰が代わりに その一人に
なるんだろうかと

眺め

2019年4月作詩

君は「怖い」と言った
自分のことを
「臆病」だと言った

だけど 高い所を
登ったことのある人にしか
その怖さは分からない
いつも 低い所から見ている人には
その高さが どんなものであるかが
分からない

そう思える君のことを
誰が 見下すだろうか

君は いつでも
高い所を目指してる
まっすぐな心の人なんだよ

365日

2014年2月作詩

いつも側に いられるように
会えない日も 寂しくないように

立ち止まった時
また 歩き出せるように
背中を押せるように

落ち込んだ時
また 這い上がれるように
頑張れるように

誰かのために
目の前の一人のために
優しい言葉を 温かい声を
力が尽きるまで 紡いでいく
声が枯れるまで 届けていく
自分自身でありたい

あの日 誓った
あの時の自分を
一生涯 見失わないために

ヨルガオ

2015年3月作詩

誰も まだ
見たことのない星を
僕は探したい

もしも 僕が
新しい星を見つけたら
「ヨルガオ」という
名前をつけよう

夜(ヨル)に悲しむ
誰かの泣き顔(ガオ)に
寄り添ってくれる
慰めてくれる
心 優しい星を

この夜が明ける前に
見つけたいんだ

君に 見せたいんだ

Poem 6

散った桜が

また来年

花を咲かせるのは

咲かせようとするのは

もう一度

あなたを

振り向かせるため

Poem 7

僕らの青春は

いつだって

走ってばかりだったかもしれない

朝の廊下も

真昼のグランドも

帰りの放課後も

みんな

何かを追いかけていた

ほんの少しでも

「楽しみ」が

逃げてしまわないように

帰りのバス

2007 年 9 月作詩

バスに乗ると
いつも 思い出すことがある
あの日のことが
記憶の中に蘇ってくる

二人でよく乗った
帰りのバスのことが
何度も 思い浮かんでくる

二人は いつも
後ろから２番目の
左側にある
二人がけのイスに座る

君は決まって
窓側で うれしそうに
景色ばかり見つめてる

僕は　それを
隣で見守りながら
移り変わる景色の中で

幸せな時間だけを
一つも見落とさないように
追いかけている

今日一日の出来事と
明日の二人の思い出を
重ね合わせるように
互いに　思い浮かべるように

明日も　未来も
このバスの行方も
ずっと　一緒にいる
二人の姿を
四角い窓の向こうに
探しているみたいだった

桜並木のある
３つ目の信号を
右に曲がり

バスが ゆっくりと
坂を下り始めると
時間は 足早に 流れていく

もう少しで
夕暮れの空と
丘の下の君の家が見えてくる

あと少しで
さよならだけど

この思い出だけは
この瞬間だけは
心に切り取っておきたいと
何度も思った
願った

窓から見える
どんなに きれいな
窓越しの景色よりも

君の横顔を
君との思い出を
いつまでも
見つめていたかった

このまま ずっと
時間を止めて

いつまでも
見つめていたかった
心の奥に
残しておきたかった

バスに乗ると
いつも 思い出すことがある
あの日のことが
記憶の中に 蘇ってくる

あの日 あの場所で
あの時と同じように

バスの扉が
閉まる音がした瞬間

僕の名前を 呼ぶ声がして
窓の外を 振り返ると

そこに また
君が
いるような気がして

笑顔で
手を振る君が
誰よりも 誰よりも
大切だった君が

そこに また
いるような気がして

僕の側に
君がいた

あの日のことを
心の中に 思い描いて

きれいなもの

2017年10月作詩

きれいなものは

きっと すぐ

消えてしまうんだろう

例えば

シャボン玉とか

虹とか

花火とか

君もだ

約束

2005年12月作詩

空には　月が浮かんでいた
目には　涙が浮かんでいた

また会えると　わかっているのに
君は　僕の手を引いた

本当は　側にいたかった
その震えた肩を
強く抱きしめたかった

人は　誰かを
大切に思えば　大切に思うほど
何でもない夜が
急に怖くなるもの

一人で過ごす過去(きのう)は
もう　終わりにしたい
一人で迎える未来(あした)は
もう　終わりにしたい

約束だよ　一緒だよ
これからも　ずっと
約束だよ
一緒だよ

誰の手を離した時
そんなにも　道に迷ったの？

誰の名前を呼び過ぎて
そんなにも　声を枯らしたの？

それは　きっと
君なんだと思う

君の　その手を
君の　その名前を
こんなにも　今
愛しく思えるから

シャボン玉

2012年11月作詩

七色に輝いて
どこからか　飛んできて
あの日　私のところへ　届いたもの

それは　偶然（かぜ）が
運んできたんじゃない
これから　出会うべき誰かが
きっと　あなたが
運んできてくれたんだと
そう思いたい
今はまだ　そう信じたい

なぜなんだろう
この気持ちは
どうしてなんだろう

私の心の中に
いつ　やってきて
いつ　消えていくの？

この気持ちを 確かめるために
この気持ちが 消えてしまう その前に
ただ あなたに

会いたい

会いたい

会いたい

あのシャボン玉を
追いかけていくように
私は 今

あなたに 恋をする
あなたを 好きになる

さかさ

2017年4月作詩

雨を 受け止める傘があればいい

誰に 後ろ指 さされたって
誰に 笑われたっていい

どしゃぶりの雨に
持っている傘を
逆さにするようにさ

誰もが 誰かの涙を
避けるように 歩いていく

誰もが 誰かの痛みを
気付かないように 通り過ぎていく

君の涙を よけるような傘じゃなく
受け止めるような 傘があればいい

人が一生で流す 涙の数を
誰も 知らないけど

ただ それが知りたいから
ただ その気持ちを分かりたいから
僕は そんな傘になるよ

いつだって 君の側にいて
君の傘になるよ

空色

2014年11月作詩

「何色が好き？」と
聞かれると
いつも 僕は こう答えた

赤でも黄色でも緑でもない
「空の色が好き」 だと

「どんな色が好き？」と
聞き返すと
君は いつも 黙ってしまった

「空の色って どんな色？」と
聞かれると
僕は こう答えた

「同じ色のように思えるけど
空を見上げる人によって
その時の自分によって
見えている色が ちがう
感じ方が きっと ちがう
それが 空の色なんだと思う」と

「空の色は
君には　どう映るの？」と
聞き返すと
君は　目に涙を浮かべて
黙ってしまった

君が抱えているものを
君の悲しみを
ほんの少しでも
分かってあげられるのなら

いつかは　君に聞きたい
君と話してみたい
あの空のことを

あの日　君が見た
君に見えていたはずの
空のことを

あの空の色のことを
その全てのことを

めぐりあい

2004年10月作詩

人は死んだら　どこにいくの？
遠い遠い　星になるの？
なぜ人は　生きていくの？
何を　誰を　探しているの？

分かり合える　きっと　分かり合える
たくさんの星の中
行き交う人混みの中
あの時のように
同じ星(ひと)を
同じ人(ほし)を
見つけられるのなら

誰かが落としていった　この涙を
大事に　大事に　拾い集めていったら
その先には
君がいるような気がした

その涙の行方を
君の　その背中を
追いかけながら　追いかけながら
僕は　ここまで来たんだよ

あの時　あの場所で
君に出会えたことで
わかったことがある

「出会い」は
巡り合うんだと

あの時と同じように
星と星とをつないで
星座になったという
おとぎ話を　紡ぐように

いくつもの
人と人とをつないで
幸せになったという
物語を　紡ぐように

この物語の続きを
いつまでも　いつまでも
僕らが
描き続けていけるように

たとえ
何度　生まれ変わっても
どんなに遠い場所に離れても
もしも
時と風が　僕らを
遠ざけても　引き離しても

いつか　また
同じ時を選んで
同じ場所を選んで
僕らは
もう一度　出会える

ここに
この場所に
この時に
あの時の「約束」を
果たすみたいに

僕らは巡り合う
必ず　巡り合える

永遠(とわ)に 永遠(とわ)に
終わることのない
この僕らの
物語のために

この僕らの
約束(ものがたり)のために

この僕らの
再会(めぐりあい)のために

あとがき

誰も信じないかもしれない

なぜ 人の命には
限りがあって
生と死があるのか

どうして
出会いがあれば
別れもあるのか

もしも そこに
理由があるとしたら

僕らは
生まれ変わりを 繰り返す度に
繰り返すその先に

もう一度 「 その人 」と
何度でも 「 君 」と

巡り合えるのかということを
確かめるためかもしれない

2021 年 8 月 24 日
蓮野 ひかり

詩集 めぐりあい

2021年12月28日　第1刷発行
著　者　蓮野ひかり
発行人　大杉　剛
発行所　株式会社 風詠社
〒553-0001　大阪市福島区海老江 5-2-2
大拓ビル 5 - 7 階
Tel 06（6136）8657　https://fueisha.com/
発売元　株式会社 星雲社
（共同出版社・流通責任出版社）
〒112-0005　東京都文京区水道 1-3-30
Tel 03（3868）3275
装幀　2DAY
印刷・製本　シナノ印刷株式会社

ISBN978-4-434-29919-3 C0092